海のほつれ

神田さよ

思潮社

海のほつれ

神田さよ

思潮社

目次

II

Ⅲ

装幀　思潮社装幀室

海のほつれ

I

奏でる壺

いつからかわたしは壺になって
海の底に没んでしまった
砂に埋まりもう浮き上がれないだろう
ときおり潮のながれが
わたしを揺さぶる
漏れ出るおと
内耳の水圧
くぐもる響き
声なのかもしれない

吐き出される　人の
かつて聞いたことのある
震える声

欠けた傷口に
海草が絡み
小魚が入って来たり出たりしている
穴口から波間に消える
魂の荒い息
記憶の綱はほどけ
喪の明けない海

死者たちの声で
ざらざらの表面は膨らんできた
深淵の潮流にのせて

わたしはひび割れた音を
鳴らし続けている

午後の部屋

こぼしてきたようだが
振り返っても濡れていない
容器の水
表面張力限界
発見のときめき
ふくれる　ふくれる

傾いでゆく
狂う刻（とき）の針

段差のゆるみで
水がこぼれた
あたりいちめん水浸し
拭いても拭いても拭きとれない
数値は不変　正しく働いている
空っぽの容器に彼は
また水を継ぎ足そうとしている

こぼれ始めていたのだ
振り返り小さな水溜りを認めるべきだった
異端を恐れてはならない
自ら烙印を

陽は傾き
午後の部屋に暖かい日射し

泥土の容器を窓辺に置いて
午睡する
投げ入れられた石は沈んだまま
覚めない夢　深いねむり

颪のそよぎが

颪のそよぎが
冬の衣を剝いでゆく
吹き出る萌え木が眼孔に沁み込む
誰も通らない道
何も通らない道
信号機が虚しく誘導しているこの街
沈殿する死魚
錆びた外階段
踏み外す腐食の靴音

軒先のバイクの車輪は潰れて前のめり
目撃者のいない時の流れ
住む人のいない家々は朽ちて

呼んでいる　だれかが
きこえる　きこえる
どこにもいません
だれも

ゆるやかな丘のむこうで
獣(デブリ)は吠え続けている
風は舞い上がり
拡散する粒子
深く浸みる
汚染水

割れた大地に
放射能たっぷりの
鮮やかなふきのとう

春の法廷
わたしは
被告席にすすむ

リネン係りは首を傾げた

おちない
おちない
丸みを帯びた
人形（じんけい）のような
濃く
幾重にも
叩いてもみた
ブラシでこすってもみた
濃いところは

布が薄くなっている
もがいた
苦役のしるし

このお客様のシーツ
一晩の
刻印
長い年月の
痕跡

最新のドラム式業務用洗濯機で
泡にまみれ
回転

村の春

重機の爪
がつん
土をケズル
ケズッテ
除いて
さらに地の闇
声なきもの
姿なきもの
積もる

浸みる

整然と書かれたる化学式を
ケズル
人間の叡智を
ケズル
ジ　ョ　セ　ン
廃棄詰め込み袋封印
黒い塊り山積み
驕りの墓

——除染中——
幟たて風にはためく晴れやかさ

おれたちなんで

にげるんだっぺか
怒りを
ケズル
ケズル

波しぶき
打ち寄せて
返る大海原
潮のしたの
地獄絵
のびる手
ころがる眼球

曇りそら朽ちる軒にも春の音

うぐいす鳴き
すいせん
やまぼうし
息殺す村
窒息の
村

鎮める

埋葬した
蕾は
つぐんだまま
土の中
暗闇を這いまわる
無言の言葉
エーテルの匂い
生物の実験じゃないんだよ
花頸はもうしっかり

マウスが鼻をぴくつかせる
聖堂のパイプオルガンざわめき
声のかけら
ちりぢり
あれから年月は過ぎ
年老いたわたし
ゆるゆると歩いている
喪った胎（こ）をかたく抱いて
罪の寝汗
ずっと
ひとのいない
ひとが生きられない
夜の森
あ
また春なのね

咲いたのね
狂う
残酷な巡り
木々は吹き回り
開いた言葉
いっせいに落下
痩せた老婆は
両の手広げ
鎮める
海からの風
未だ　ごうごうと

ネットで

宅配の男
大きなアマゾンパッケージ
汗だくで運び込んでいる
燃え広がる　河川の流域は樹木消失
パッケージ関係ないね　アマゾン川
お知らせチャイム
エレベーター31階
耳がつまる
豪華なドアあいて

メイク女

注文はしたけど
受け取るつもりないの
宅配の男むりやり箱　部屋に押し込もうとしている
箱から不思議な音
生きているのか
鮮度が大切ですから受け取ってください
難解な音　知性にかなわない音がする
焦げた匂い
それに　こんなもの
私が頼んだものと違う
箱を男に投げつけた
押し問答する女はけっこう魅力的
ちょっと柔らかい手に触れた
こんなの注文していない　いない

ネットで頼んだので　わたし手を汚してない
キーボードをたたいただけ
届けた証拠に印鑑だけお願いします
箱から水が漏れてきた
玄関みるみる水浸し
伐採森林ふそく酸素
火災は収まらず
ネット炎上
タワーマンションは網(ネット)かけられ
二人とも
閉じ込められた

海のほつれ

無数のダンプカーが土砂をこぼして通り過ぎてゆく
わたしは眼で追う
追うだけ
振り撒かれたガソリンの臭いが鼻腔に沁みていく
ゲートに入る台数を数える
ただ　数える
101台　102台……
仮面をつけた運転手に
言葉の虚しさをぶつけ

おばあたちは宙吊り

のどかさを曲がれば
闇のガマ
飛び散った鮮血
掘れば髑髏がぬっと現れるこの島
祈りの丘に切り立つ絶崖
黒潮の流れ
ほつれる海

黄土色に埋まる海
濁り水
鼻をふさぐ
咽喉につまる
眼孔はもう開けられない

彼方へ飛び立つ
死を生む滑走路
不透明な潮に
息遣いは
短く　苦しく

波打ち際

張り替えられた
鉄条網が
光っている
死んだ貝が
うちあげられた砂浜
いくつか拾って
コートのポケットに入れた
桜貝　巻貝　胡桃貝
きゃしゃなからだ　砕けてしまいそう

貝殻を
ホテルのベッドサイドに並べた
深夜
かすかなおと
殻と殻を擦り合わせるおと
灯りのないルーム
磯の匂いただよい
仰向け
硬直
からだは砂に埋められ象られている
ぱんぱんと上から叩く者がいる
呼吸苦しく
砂の墓

明け方
海の向こうでたくさんの人が死んだ
巻貝を朝日の窓にひとつ置いた
ホバリングするおすぷれい
風の方向に空は震える
波打ち際に
死の計画
コートのポケット
砂ざらざら

絵葉書

石造りの家の壁に
無数の銃弾の痕
焦げた黒い穴に僕は潜り込んだ
ハロー
だれもいないの
なまあたたかい微風が僕の体をかすめる
確かに人がいたようだ
床に血のりごわごわ
ハロー

裂ける音は塗り込められて厚い壁
火薬の臭いは教科書の歴史年表の枠に吸いとられた
豊かさを詰めたリュック背負って旅の僕
石の壁はつぶやく
硬い心は開けぬ　と
関わらないで
早くここから出よう

あれ
引っかかって出られない
リュックを下ろしても
穴はこころもち小さくなったようだ
力いっぱい床を蹴る
僕はどうしたらいいのだろう

ガイドが旅仲間をランチに案内するのが見える
湖のほとりで肉を切る錆びたナイフ
華やかなスカーフがなびく戦争のあった村
僕は
壁の焦げた穴から
弾丸を詰め狙いを定める
だれも気が付かない
笑い声がテーブルに響いている
ひかりが湖を飛び跳ねる

土産物の絵葉書に
石の建物から覗く
僕の顔がすでに映っている

Ⅱ

都市の記憶

路地を曲がる
ふいに足が重くなり
賑わう都市を暗い雲がにわかに覆う
足元にひっそりと
空襲犠牲者供養地蔵
供えられた
みやこわすれ
むらさきの色濃く

路地奥に
ひとり
うずくまる人
絣もんぺにセーラー服
胸に縫い込んだ白い布汚れて
名前は滲み
証されない布きれ
手の甲の血　乾いて
声をかけても
届かない

証人は
とっくに去り
新しい道を進んでいる
くすんでいく記憶

見上げるマンションの窓から
わたしを見つめているひとがいる
母なのか

大正13年9月28日生まれ
レビー小体型認知症
その媼（おうな）
むらさきの花の好きなひと

東京大学学術標本コレクション

博物館の壁に
講堂の大時計針
まるで磔刑のようだ
時間が止まって展示物
真昼の静まり返った空間に
キリンやオキゴンドウの骨は瞬時の逃走を企てている
コツコツ　コツコツ
種を割るから固い嘴
ツバメの骨は繊細だ

飛べずにいるよ骨だから

時は超え
時を超え
針は逆回りし始めた
360度　ぐりぐりぐりぐり止まらない
積もった埃をふりはらい刻を戻して冬の日
放水車は
いっせいに時計塔の周りに装備された
こん棒で殴り続けジュラルミン
叩いてもジュラルミン
文字盤の数字は消え
止まった針だけが残った
見上げるキリンの骨格は時速70キロメートルで
逆走する勢い

遡る戻りみち
古代の守護神は女性の仮面で出迎える
鼻のもげたミイラは深い眠りに塩漬け

アンティークの世界
とパンフレット
魚の骨は艶やかに磨かれて置台で泳ぐ姿
骨の間から
墓場のようなビルが透けて見える

美術館にて

自動ドアーから
一匹の蠅が迷い込んできた
唸りながら飛び回り
金色の額縁に首を傾げて止まった
風景画は
新緑を風になびかせ
蛇行する河は
静かに雲と流れを同じくしている

空調の効いた部屋で

罅割れして
吊るされている絵画
穏やかな絵を描いた筆は河底に沈んでしまった

群れる蝿が奇妙なうなり声をあげ放置された屍体に
びっしりたかっている　屈曲した人の眼孔や半開き
の口にも卵を産みつけている　瓦礫と化した薄暗闇
のタテモノに　ここにも　あそこにも　屍体　飛び
回り纏いつく蝿の一群　嘔吐する臭気　戦いは永い
いつまで　落下する爆弾　いつまで　落下する知性

混み合う会場で
前足をこすりあわせて動かない
一匹の蝿
学芸員は追い払うのに懸命だ

一つ星レストラン

黒いパンツスーツの女性は窓際に案内した　木漏れ日が揺れる大きな窓　都会にこんな緑の深い処があったかと思う　池が窓に迫っている　お飲み物はと聞かれ　スパークリングワインピンクをと3人が声をそろえると　怪訝そうな顔をして厨房に入っていった　なんだったらよかったのかしら　ひそひそと話していると　黒パンツの女性はワイングラスに緑いろの液体を入れ始めた　唖然としていると　これはうちのオリジナルの飲み物です　どうぞおためし下さいと瓶の口をナフキンでくるっと拭いた　おそるおそるグラスを口に持っていくと　ドロッとして黴の臭いがする　黙ってグラスを置くと　お気に召さなかったですか　とボールのような大きな器を置いた　苔のスープです　料理はまだ

注文していないのに　待ったなしに次の料理が運ばれてきた　真緑いろのソースがかかった魚のポアロだ　鱗が黒緑いろに光り不気味だ　ナイフを入れると液体が魚の切り身から流れ出て白い服にしみをつけた　見渡すと他の客はだれもいない　やっぱりお勘定して出よう　みんなバッグを持って立ち上がった
お帰りですか　お代はいりません　そのかわりこの池の方からお帰りくださいと裏のガラスのドアーを開けた　レストランは池を囲むように建っている　どの客席からも池が見える　だからといって　自慢するような池ではない　ただ人が吸い込まれそうな不気味さである　水は濁って　苔がびっしり生えている　ぶくっ　と息が吐き出されるように大きな気泡が水面をなめる　藻が絡み合って底が見えない　深緑いろの底になにかが潜んでいるようだ　泡で池の水がかき回されるが　その主はいっこうに姿を見せない　ガラスドアーが閉まる響き　黒いパンツの女性も消えた　メニュー表が池に沈みかかっている　変なレストランねと路地を出た　あ、あなたの眼　緑いろしているわ　あなたの眼も　３人は鏡を見て驚いた　景色がかすんで見える　体がだるく溶けてしまいそうだ　強い夏の日差し　奇怪な魚の鱗がまだ歯にひっかかっている

奇妙なホテル

すべての客はチェックインした　高原のホテルは満室だ　にもかかわらずロビーは閑散としている　陽が落ちて明るさを抑えたシャンデリアが灯り　蝶ネクタイのホテルマンは　目線を動かさないで立っている　フロントの棚のルームキーはむずむずしている　203号室のお客様　643号室のお客様　何処に行かれたのかお戻りにならない　ホテル内をくまなく探した　そのうち全ての部屋の客が戻っていないことがわかった　夜更けになっても帰ってこない

山の清涼な空気を求めて　煩雑な日常から逃れ　一夜の夢を求めて客はやって来た　部屋のドアーを開けると　暗闇がぽつんと腰を下ろしていた　おどろいて客は慌てて鍵をかけ　フロントに急ぎの用があるからと鍵をあずけ森の中へ

と　駆けだした

満天の星　せせらぎの音　「オキャクサマァー」　メイドもドアマンも捜索して

いる　海抜一二〇〇キロメートル　ホテルの窓に　明かりはない　真っ白いシ

ーツのベッドで　暗闇が寝息をたてている

海辺の村の女は

濡れた樹皮に寄りかかり　佇んでいる女　樹
の齢（とし）は暗い　幹の空洞は女の熱を保とうとし
ている　一本の杉と鳥居　海辺の村の女は痩
せたからだで　雑草が蔓延る田んぼを　虚ろ
な目で見まわす　茫々と風の音　人気のない
土づらだけが迫ってくる

なーんにもなくなったべさ　ばあちゃんち
も　産まれたばかりの赤ん坊も　みーんな

木の洞は居場所にちょうどいい　諸根から昇ってくる水流の音　それは赤ん坊の脈音（みゃくおと）　子守唄みたい　あの子が眠る海ぞこ　闇綱が繫げてくれる

樹の響き　やせた鳥居は直立不動　波はおだやかに陸地を撫でている

ヒールの音が鳴り響く

神戸の地震の後　仮設住宅で生活支援の手伝いをしていた　仲間の若い男性がわたしの詩に曲をつけた　4年目の追悼会の日　はき出る人々の群れに　男はギターを弾き大声でその曲を歌った　あの日を辿るように　白い息　唾を飛ばして　冷たい空気でダウンコートがふくれている　ロン毛の男はやせ型だががっちりとした指が弦をかき鳴らす――一杯の水　一個のおにぎり　一椀のあったかい味噌汁♪――そんなだったな　そんなことがあったな　泣いたり　笑ったり　もうあんなことないよね　それからしばらくは　彼に会うことがなかった　6年目の追悼会ですれ違ったミニスカートの女の人　どこかで会ったような　どこかで話したような　栗色のロングヘアーで　オレンジの口紅　あ

っ　あの若者　気まずそうではなく　――こんにちは――　苦しかった胸の内は濃いめのブルーのアイシャドウ　今度またあなたの歌　歌いますね　ヒールの音をコツコツ響かせて追悼会場に消えた

深い谷に落ちてゆく
そよぐみどりの井戸に吸い込まれる
落ちて松の実
栗のイガ
咲く花
あの花　この花
こすれ合う枝のしなり
轟く風おと

よじれる　よじれる　単純に考えればすむことなのに　通念のはざまでいつも一握りの悲しさ　明け方の足音を聞かずに消えた人　消えた街　消えた夢　お

となしくおさまる記憶なんかじゃない　戻る戻る　フラッシュバック　血が止まらない傷　割れたアスファルト　あの人のヒールの音が鳴り響く

震える声帯

わたしは孕んだ　生理のうえのことなので　望んだものではなかった　群衆が
去ったあと　そこに佇む影のない男といっときを交わした　わたしのからだは
意志とは関わりなく膨張してゆく　ずっと以前から種は産み落とされていて
からだの外に密封されていた　刃物は鋭く封を切った　小さな種は根を生やし
暗い地中をざわつかせはじめた　水を得ないまま　乾燥の地へ進む　共生とう
そぶく咽喉に木枯し　犠牲の子どもは　はり叫んで薄い皮膜を蹴ってくる　山
の麓に肩よせる村人の　憎しみとさりげない挨拶が門扉を開けたり閉めたりし
ている　寒い　ことしはどうしてこうも寒い　殺生された鳥の羽のコートに身
をつつんで　膨れたからだは悲しみがいっぱい　にみえるがじつはぶよぶよと

していて　震える声帯を　眠りのなかで聞いている

不繋（ふけい）の舟

*

舟一艘漂う
冬の間踏まれていた枯葉も水のみちをさまよっている
水底の泡の憂鬱
暗闇は月を溶かした
消えたはずの亡霊が舟を押す
流れは絶えず
風浪がたっている

切岸へ
たましいの
かがり火へ

＊

東京電力福島第一原発事故直後　11歳だった女児がのどにある甲状腺に100ミリシーベルト程度の内部被曝が推計されたとメモに書き残されていた　甲状腺に100ミリシーベルト被曝するとがんのリスクが増えるとされる　これまでは国は「100ミリシーベルト以上被曝した子どもは確認していない」としてきた　「簡単に算出し、精密に出したものではない」として公表をしてこなかったという
福島県職員の放射線技師が２０１１年3月17日ごろに　郡山市で双葉町から避難してきた女児の体を簡易測定器を使い甲状腺周囲を測ると　５万〜７万cpmと示されたという　朝日新聞　２０１９・１・22

＊

沈む　一枚のメモ
咽喉を腫らして
いまどこに
踏み込まない
踏み込めない
てったい
というあやういことばが流れ込んでいる

森の過失

ドアーを開けると　あったかいと言いながら女が乗り込んできた　帰れないところまでお願いと言う　奇妙な行く先だ　帰れないところじゃなくて帰るところだろう　まあいい　女の言うまま　道のような道でないようなところを走った　寒風が枯れた草をびゅうびゅう鳴らす　長いことタクシー運転手しているがここは今まで来たことのないところだ　窓から崩れかけた家が見える　外壁が剝げ落ちそうな家　窓ガラスが破れてカーテンが風にひらめいている　公園には錆びたブランコが揺れている　人は住んでいそうにない　そこをもっと進んでと女はいう　何とか通れるが俺は不気味な感じがしてきた　帰りたいのよでも帰れないのよ　女はぼそぼそと独り言を繰り返す　皺のある首筋に似合わ

ず派手な花柄スカーフがミラーに映る　恐る恐る進むと　立ち入り禁止の看板が見えた　Uターンして戻りますよと告げると　帰るために来たのに帰るなんて　女は不満をぶちまけて言う　仕方ない　俺は看板を無視して突っ込んだ先は迷路のようにくねくねしている　砂利を踏むタイヤの音が響く　すると森のように黒い塊りが　群がっているのが見えた　ゆっくりした速度でじわじわと向かってくるようにも思えた　もうここまで迫って来たのね　と女は突然叫んだ　ここで降ろしてちょうだい　やっと降りてくれた　だが心配になって女を眼で追う　壊れた家の土台を撫でている　そのとき　黒い森のようなところから男が現れた　棍棒を振り回している　険しい表情で女を睨んで向かってくる　逃げろと俺は叫んだ　何も悪いことしてないわここはわたしの土地なのよ　逃げることなんかないわ　と叫ぶ女を無理やり車に押し込め発車した　もう帰ろうと言うと　帰って来たのよ帰るっておかしいわ　帰るところはここだけよ　男は白いぶかぶかの服をたなびかせ追いかけてくる　スピードを上げる　急いで車に乗るときにスカーフは首から落ちてしまったらしい　女は首をすくめ寒そうに手をこすっている　もう男は追いかけてこない　もとの道に出

た　あそこはもうすぐ地図から消されるらしいのよ　呟きながら女はずっと窓の外を見つめている　花柄スカーフは風に乗って彷徨い続けているだろう　俺は帰れない客を乗せて　ハンドルを握り続ける

決まらないメニュー

若い客が尋ねる
一番早くできるものはなんですか
――ハムとレタスのサンドイッチです
これは？
――トーストするので、少々時間がかかります
ランチメニューAは？
――グラタンなので遅いです
迷う客に我慢強いウエイトレス
じゃ　これは？

時間がどんどん経っていく
急いでいるはずなのに
決まらないメニュー
これはしおからい
これは食べたことない
早くできるもの
急いでいるのよ
テーブルの永久問答
ぐずぐずぐずぐずぐず

赤いスカートのお客はいつのまにか
白髪になった

迷っている間　誤って怪我をしてしまい

體をさすっている
傷を押さえ刻のラビリンスへ
テーブルにおかれた水は腐敗している
お客は空腹のまま
美しく写った写真入りメニューを繰り返し捲る

店の外では
仮面をつけた人たちが
足早に歩いてゆく

Ⅲ

言問橋

逃げる人の群れ
揺れる
燃えて焦げつく
脂のにおい
惨殺の飛行爆音絶え間なく
むこう岸めざして狂気渡る
足裏に
ひとの
熱くやわらかな

たくさんのひとの
燃えたからだ
踏む
飛び越える
三月の冷たい水に落下した
おさなごは漂う
河口へゆっくりと流れる死者たち
渡り切れない無念が折り重なっている

黒く煤けた橋の支柱　七十年前の脂にじみ
砲弾の穴を吹き抜ける川風
赤い脚を伸ばし対岸めがけて
滑空する一羽の鳥
名にし負はばいざ言問はむ都鳥*
おさなごはいずこ

古人（いにしえびと）の声つんざき
振り向けばスカイツリー

沈黙の黒い水の帯が絶え間なく流れてゆく
渡り切った空ろな思い消し去り
記憶の橋を踏みしめる

ひとりの老婆が
たもとの慰霊碑に
仏花を供え念仏を唱えている

＊在原業平　上の句

空ける

〈その日は空けておいて〉
彼はそう言って消えた
予定表はぎっしり詰まっている
仕事の約束があるけど
なんとかしよう

カバンに手帖を突っ込み
ビル街を駆けて駅
飛び乗った電車には

不思議に
誰もいない
ぶらぶらゆれるつり革

クーラーの音だけ響いている
〈空けておいて〉
思い出して手帖を開く
どうしたのだろう
ぎっしり埋められていたマス目はすべて空欄になっている
ただ
〈その日〉だけの小さなマス目に
彼が黒くうずくまっている
手足を不自由にして
虚ろな空白
この手帖

駅前のパン屋

生地をこねている
手のひらを押し付けたり　たたいたり
きょういちにちの意味など問わずに
いつもどおり
発酵させているあいだ窓越しに
改札口を見る
まいにちこの時間に
あの男は改札口から吐き出される
背中を丸め

くたびれたネクタイをぶらつかせ
リュックを揺らしよたよたと
店の前を通り過ぎる
コンビニの弁当の入った袋を下げ家路へと
このままこの暗さに溶け込んでゆきたくなるような夕暮れ
腕組みした手をほどき柔らかいパン生地を触る

発酵して膨れた生地
イースト菌の微生物が働いて
人には見えない菌の神話が始まっている
腐敗の道は止められ
発酵という活き方
型にいれ
火にさらす

雨がこのごろ降らない
駅前の道はぱさぱさと埃の匂い
大時計は見張りの目玉を閉じてしまった
故障中の張り紙は風で破れた

シングルルーム

寝苦しい夜だった
隣の部屋から
泣く声ひそかに
不定期に

壁を伝い
男の枕に滲みこんでくる
寝返り
向き変え

ラジオをつけてみる
もう　気になって
真夜中のシングルルーム
柔らかい寝具に身を沈め
ぎらぎらと瞳孔
泣く人
悔しく
声を殺し

七十年間ここに泊まり続けてきた
息を潜めて
夜が明けたら
ここを出る
回転ドアーに力をこめ
ぐい

銀縁のめがねが光る
あれは
学徒出陣した
父のレンズ

中華料理屋の夜

灯りが消えた
水を得た魚が
闇を飛ぶ
レンゲと皿のぶつかる音
ガツガツ腹に押し込んで
死者たちの晩餐
〈チャン料理　うまいな〉
ふるい嫌な響き
〈ヘイタイサン　ギョウザデキタヨ〉

〈シナ人がもってきた皿は大盛りだったね〉
思い出話は聞き飽きた
血や骨のスープ　飲み干して
首のない北京ダッグに春巻
中華料理症候群
下痢と嘔吐
死者の汚物を拾う
戦後生まれ
シナのギョウザの味は知らないよ
すする音　食らう音
骨の魚
咽喉にささるよ
闇の中

積み上げる

家屋は朽ちて
人影は消え
月のあかりが
ビニール製フレコンバッグを照らしている
膨張する黒い塊り
増殖して
積みあげられ
無限
口が緩む

かすかに
つぶやき
呑む声
袋を震わせて

雑草ばかりの田畑に
オニユリ咲く
森の腐葉土に
浸透する濃度
くぐもる音
裂ける月

冷却ボックス

警告音がする
——扉があいています
うだる暑さ
今日は何度?
なま暖かい風が入り込む
扉を閉めろ
二度と開けるな
箱のなかには心底冷えないことば
おとなになれば
熱くても

冷たいと言えるのか

生半可なことばは
きりりと冷やさなければならない
腐敗への道を進むから
ことばの器は底がぬけ
装置は永遠にうなり続ける

乾いて反りかえるハム
こぼれたソースはべっとりと固まり
饒舌な不安と迷妄は
壁をつたって這いまわる
溶融は熱すぎてことばがみつからない
沈黙が
充満し始めている

炎暑

救急車のサイレンが36℃を突っきって行く
こまめにすいぶんを
生ぬるい水はからだの奥には届かない
萎えた人がストレッチャーで運ばれ
わかりますか
わかりますか
なまえがいえますか
わかりません
脱水はいつごろからですかと医師は尋ねる

世界が熱を帯びてきたころからです
医師は検査結果を見つめる
皮膚内部に蓄えられていることば
血液中の不可欠要素である論理
示す数値はこのうえなく危険だ
こうしているあいだにも
皮膚内のことばは意味をなくし
いきなり
銃器が装備される

聞こえますか
聞こえません
言いたいことが言えません
高温注意報のテロップが流れ続けている

糊付け

昨日を袋に入れ
封をする
糊
ぬるぬる
指先に遺し
不快　ホタルブクロは
口を閉じずあかりを灯す
内耳にとどまり

言葉
発語不可能なまま

がさっ
袋がうごく

ころがる　ころがる
飛んで
あばれて膨張して　袋
封入された　昨日
逆回りする時間は乾いてぱりぱり
塞がれた夏の
焼けて
焦げた　におい　狂うネジ時計　模糊として

糊口に鋏
青い蛾
飛び出し
鱗粉をまき散らす

指先の
ぬるぬる

あの日は雨だったか

夜更け目が覚めた
壁のむこうで
連続音
透視を拒む白い断絶
床をゆっくり踏むような
不愉快な不明さ
隣りの部屋に原子が集まっているのか
物体はどのような形になるのか
音は早くなる
解明できない抽象

廊下に出てみるが聞こえない
ラジオの音量を大きくして隣りにも聞こえるようにした
音は鳴りやまずさらに速度を増し行進しているようだ
幾何学模様のくりかえし

だるい朝
連続音が聞こえた部屋はドアーが開いていてだれもいない
古びた編み上げ軍靴が揃えておいてある
黄色い泥がこびりついているゲートルが
床にだらんと落ちている
あの日は雨だったか

靴音が
鼓膜を震わせる
快晴の警告

ことしのはな

思いきり開き
去年と同じかたち
ちょっと色がうすくなったかな
御存知ないかたはそうおっしゃる
しろ色
となっても
幹はおかまいなし
知ったことない
泣きすぎて

流してしまったももいろ
なんて言いわけ
過去は振りかえらない
花弁の淡いしなやかさ
碧いそらに胸張って
満開
北への旅
これから

著者略歴

一九四八年、東京に生まれる。一九七二年から関西に移り住む。
「イリプス」同人。日本文藝家協会会員。
詩集に『ハーフコートをはおって』『おいしい塩』『傾いた家』など。
エッセイ集に『東北れぽーと』。

住所
〒六六三－八〇〇六　西宮市段上町六－一四－四

海のほつれ

著者
神田さよ
発行者
小田久郎
発行所
株式会社思潮社
〒一六二―〇八四二　東京都新宿区市谷砂土原町三―十五
電話〇三（三二六七）八一五三（営業）・八一四一（編集）
FAX〇三（三二六七）八一四二
印刷・製本所
三報社印刷株式会社
発行日
二〇二〇年五月一日